Danièle MARCHE

L'enfant derrière la vitre

ISBN 978-2-917081-25-9

FOLIUM
collection

Danièle MARCHE

L'enfant derrière la vitre

ÉDITIONS ASPECT

À mes enfants Katia, Michaël, Aurélia, Raphaël
et mes petits-enfants Abel, Célia et Saïan.

Il pleut
La vitre pleure
Le monde est flou

À quoi bon des yeux bleus
si clairs pour un monde
si gris

La pluie tisse
inlassablement
un rideau de brume

Disparition du paysage
La pluie secoue les bruits
de la rue

Les trottoirs falots
où fondent les passants
grincent le long des façades

L’enfant suit
avec son doigt
les signes que la pluie
glisse sur la vitre
goutte à goutte

Il déchiffre
semence d’eau
pour lui seul
dans le silence
de la maison désertée

La pluie détient
les visages familiers
les roule à l'envers
sur la vitre
qui s'embue
de langages
de plus en plus fiévreux

Petit à petit
la pluie s'éteint
La nuit avale
toutes les ombres

L'enfant s'ennuie

Tu vois
cette pluie ces larmes
c'est un peu d'enfance
qui se noie
derrière la vitre

Quelque chose se découd
au milieu du cœur
soudain
une saveur d'attente

Que signifie demain
quand tant de beauté
espérée
se dilue dans l'attente ?

Où dérivent les nuages
grisés de vent ?

De l'autre côté de la vitre
il y a aujourd'hui
étiré à l'infini
et demain peut-être
plus glorieux plus ouvert
à la magie des mots

Est-ce que cela suffit ?

La vie toute noire
la vie si froide
contre la joue

À quelle histoire
appartient-il ?
À quelle solitude ?

Combien de vies
se croisent en lui ?
Il ne comprend pas
ce tumulte où il se noie

Y a-t-il plus de réalité
au dehors
de l'autre côté de la vitre

L'enfant détient
le pouvoir des images
et des rêves
ne mesure ni le temps
ni la tendresse du lieu
qui le baigne de sa transparence

Il boit le jour
Il broie la nuit
berce d'espoir
l'infini des heures
signe d'un geste
la légèreté de la lumière

Qu'est-ce qui tout à coup
 chancelle dans les yeux
si clairs de l'enfant
Est-ce

d'avoir vu l'oiseau
se poser de l'autre côté
sur le peu d'herbe qui
fuse dans la pierraille

et becqueter du vide
car il n'y a rien là dehors
pour l'indigent

L’enfant derrière la vitre
guette le moment où
la voiture démarre
et signe de la main
un frêle adieu
frustré de ce voyage
dont il aurait tant
voulu être

Ses yeux glissent sur la route
derrière ses larmes

À quoi tu penses ?
La mer la mer
si loin encore
au bout du printemps

La vitre disparaît
Trouble et désir
si vif
Tendre la main
pour une poignée
de sable

Jusqu'à la nuit
petit tout petit
derrière la vitre
qui brasse de
plus en plus de noir
et de peur

Pourtant rester là
c'est vaincre les ombres
se dresser contre la lune
et embrasser les étoiles
toutes

Chaque geste
grâce éphémère

Il joue avec les reflets
et le plaisir monte
avec l'ascension
de la lumière

Un sourire vaguement éclairé
Le soleil frappe la vitre
Les yeux enfin accordés
au ciel qui vibre

Tout est pur
jusqu'à la mouche
qui vibrionne
contre la vitre

L’enfant joue
avec le soleil
dans l’éclat du miroir
traque les ombres
de la chambre

puis écrase un sourire
sur la vitre
pour cacher des larmes
qu’il ne comprend pas

La fenêtre ouverte
signe la perte des frontières

Le monde n'est plus
menace et les monstres
tapis dans les angles
prennent l'air
se balancent aux rideaux
se libèrent des peurs inoculées

L'oiseau est entré
par la fenêtre ouverte

L'enfant suit
son vol inquiet

L'hirondelle
comme un sourire
tournoie dans le vide
pour fuir à l'air libre

Il était une fois...
Tant nourri de contes
il rêve derrière la vitre
d'un peu de réalité

Sans sorcières ni ogres
ni vilaines belles-mères
ni mauvaises fées
ni dragons ni châteaux hantés
ni métamorphoses

Une souris verte
Une drôle de maison
Sous son toit de carton
un petit homme soupire

Où mène l'escalier de papier
vers quel poème ?

Aucune vitre
ne protège sa fragilité

Existe-t-il vraiment ?
Il pèse si peu
comme le verre de la vitre
il est transparent
de matière friable
de sable et d'eau

Un oiseau tremble
et même un chien claque des dents
sur le trottoir
tant le froid ensorcelle

Pourquoi a-t-il le poing serré ?

Ça avance doucement
très doucement
Une ombre d'avenir
rôde autour de l'enfant

La fenêtre est bien plus
qu'une fenêtre
La traverser c'est naître
dans un monde parallèle

La Réalité est mensonge

Le chat s'est glissé
près de l'enfant
et comme lui songe
derrière la vitre

Pupilles mêmement attentives
aux ombres qui glissent
doucement dans le crépuscule

Bientôt la nuit dévoreuse
charriera on ne sait
quel train d'ombres
où se perdront leurs rêves

Il n'est pas d'heure plus douce
que celle où la lumière
déserte le jour où tremble
l'haleine du vent

Dans la gangue du silence
éclosent des paroles enfouies
Et le cœur trébuche

La vie tremble un peu
dans l'œil complice du chat
L'enfant laisse sur la vitre
l'empreinte de sa main
comme un défi à l'absence future

Quelqu'un vient
Quelqu'un s'approche
de la fenêtre
où l'enfant rêve

Songes tout à coup déboîtés
comme une menace
cette présence
de l'autre côté de la vitre

comme un miroir
où l'on se verrait autre
où rien ne correspond
ni gestes ni visages

Un jour très proche
la poésie entrera
dans sa vie
et l'amour avec elle

L'enfant ne le sait
pas encore tandis
qu'il écrase son nez
sur la vitre

Candide fraîcheur
où s'accroche un
sourire peu banal

Table des poèmes

DU MÊME AUTEUR

L'Enclose (Éd. La Bartavelle, 1996).
Exodes (Éd. La Porte).
Failles (Éd. Sac à mots).
Tous tant que nous sommes (éd. Tensing, 2013).
Quinze poèmes d'un recueil inédit, *À fleur de temps,* sont publiés à Encres Vives.

Danièle Marche a été professeur de collège de 1963 à 1999. Elle est présidente et animatrice de l'association « Les Amis de la poésie » à Nancy et secrétaire des éditions ASPECT (Association pour la promotion des écritures contemporaines). Elle est reçue dans de nombreuses revues, notamment *Poésie Seghers* en 1996, *7 à dire* (éd. Sac à mots) et *Point Barre*, revue de poésie mauricienne.

CHEZ LE MÊME ÉDITEUR

René L. LOUIS : *Stances de l'intranquillité d'être*, collection FOLIUM.
Annie SALAGER : *Les dieux manquent de tout*, collection DA CAPO.
Tahar BEKRI : *Les Songes impatients*, collection DA CAPO.
Danièle CORRE : *Obstinément l'enfance*, collection FOLIUM.
Ernest PÉPIN : *Boucan de mots libres*, collection DA CAPO.
Richard ROGNET : *Le Transi*, suivi de *Je suis cet homme*, collection DA CAPO.
Revue/Anthologie : *Carnavalesques, choix de textes de langue française de poètes d'aujourd'hui*, 2006.
Danièle CORRE : *Énigme du sol et du corps* - Prix Max Jacob 2007, collection FOLIUM.
René L. LOUIS : *La colère du gisant*, collection FOLIUM.
Revue/Anthologie : *Carnavalesques 2007, revue de découverte des écritures françaises contemporaines*, 2007.
Josèphe CHIGNIER : *Cléanthie* / Κλεάνθη, collection FOLIUM Nouvelles (bilingue).
Pierre DROGI : *Encordelé, cahier de bouches et autres textes*, collection FOLIUM.
François MAUBRÉ : *La Tonnelle*, collection FOLIUM Nouvelles.
Bernard HEIDSIECK : *Publicité*, collection LE PHONOPHORE.
Danièle CORRE : *Comme si jamais personne*, collection FOLIUM.
Revue/Anthologie : *Carnavalesques 3, revue de découverte des écritures françaises contemporaines*, 2009.
Demba Assane SY : *Parcours d'un jeune Toucouleur à l'assaut de la vie - Un vieil homme se souvient*, collection FOLIUM Documents.
Annick BRETON : *L'embellie*, collection FOLIUM.
Revue/Anthologie : *Carnavalesques 4, revue de découverte des écritures françaises contemporaines - Numéro spécial Îles de l'Océan Indien*, en partenariat avec les Éditions K'A, 2010.
François MAUBRÉ : *Montagne de printemps plaies de briques*, collection FOLIUM.
Jacqueline PERSINI-PANORIAS : *Tard, je t'ai reconnue*, collection FOLIUM.
Bernard FOURNIER : *Marches III*, collection FOLIUM.
Patricia CASTEX MENIER : *Jardins publics*, collection FOLIUM.
Michel PASSELERGUE : *Lontana in sonno*, collection FOLIUM.
Danièle CORRE : *Routes que rien n'efface*, collection FOLIUM.
Brigitte COTTAZ : *Fugues*, collection FOLIUM.
Danièle CORRE : *Où parle doucement l'âme des morts - Vietnam*, Aquarelles de U. Fremde, collection FOLIUM.
Revue/Anthologie : *Carnavalesques 5, revue de découverte des écritures françaises contemporaines - Voix des femmes des Amériques*, 2013.
Jacques PIERRE : *L'usure des saisons*, collection FOLIUM.
Philippe VALLET : *Écrire les Yeux Bandés*, suivi de *Je couche sur tout l'univers,* Encres et acrylique de Véronique Bart, collection FOLIUM *mini*.
Robert NÉDÉLEC : *Plein champ*, collection FOLIUM.
Revue/Anthologie : *Carnavalesques 6, revue de découverte des écritures françaises contemporaines - 1983-2012 - 30 ans, 30 premiers recueils*, 2014.

ASPECT est le nom de l'Association pour la Promotion des Ecritures Contemporaines

---

Siège : *63, Avenue du Général Leclerc, 54700 Pont-à-Mousson*

Courrier postal : *71, rue Étienne Olry, 54170 Allain*

Courriel : *editions.aspect@gmail.com*

BLOG : *http://nancy.aspect.editions.over-blog.com*

les collections

DA CAPO collection

La collection DA CAPO réédite des recueils introuvables en librairie et dont les auteurs ont retrouvé les droits.

FOLIUM collection

La collection FOLIUM édite des textes nouveaux de poètes contemporains vivants.

LE PHONOPHORE collection

La collection LE PHONOPHORE édite des textes de poésie accompagnés d'un cédé Audio. Elle s'intéresse notamment à la Poésie Action.

FOLIUM nouvelles

La collection FOLIUM nouvelles propose des textes d'écriture poétique plus proches du récit.

Maquette : Raphaël Marche (raphael.marche@gmail.com).
Impression Apache Color S.A.S.
à Nancy, septembre 2014.
Numéro d'imprimeur : R.C. Nancy B331 579 631.
Dépôt légal : septembre 2014.

ISBN 978-2-917081-25-9 / Imprimé en France.